Bibliografische Information der Deutschen Nationalbibliothek: Die Deutsche Nationalbibliothek verzeichnet diese Publikation in der Deutschen Nationalbibliografie; detaillierte bibliografische Daten sind im Internet über dnb.dnb.de abrufbar.

© 2021 Judith Hohmann
Herstellung und Verlag: BoD – Books on Demand, Norderstedt

ISBN: 978-3-7534-0219-2

Vorwort

Vor langer Zeit baten mich befreundete Tierschützer, ein Hundebuch zu schreiben.

Damals hatte ich häufig in sozialen Netzwerken kurze lustige Geschichte über einzelne Spitzbuben meines Rudels niedergeschrieben. Sie basierten auf Erlebnisse, die ich mit ihnen hatte.

Noch lange Zeit sollte ins Land gehen, ehe ich hierzu bereit war.

Nun aber endlich ist es soweit: Mein erstes Hundebuch erscheint mit diesem Band.

Ich sage allen Danke, die nach wie vor sehr hartnäckig waren und mich ermutigt haben, dies zu tun.

Heute haltet Ihr nun das Ergebnis in den Händen, und ich hoffe, dass es euch gefallen wird. Aber auch den Nicht-Hundebesitzern.

Ich wünsche euch viel Freude beim Lesen und würde mich freuen, wenn Ihr eine Rückmeldung an mich geben würdet.

Herzlichst, eure Judith

Die Abenteuer des
Super-Dackels Nepomuk

© 2021 Judith Hohmann

Hier kommt Nepomuk! Nepomuk ist ein Super-Dackel, wie es die Superhelden aus Comics und Filmen niemals sein konnten und sind.

Als Hermann ihn bei einer Züchterin entdeckte, wusste er sofort, was für ein Held in dem kleinen Fellknäul steckte: Nepomuk sah sein Herrchen, pieselte auf seine teuren Lederschuhe und siegte.

Nepomuk hat Herrchen voll im Griff. So erlebt er wundervolle und einzigartige Abenteuer mit seinem Zweibeiner, die in diesem Band hier festgehalten sind. Abenteuer voller Humor nicht nur für Hundebesitzer…

Nepomuk ist ein Held, ein Super-Hund, halt ein Super-Dackel!

Prolog

Meine Mama erzählte mir, dass ich der Letzte war, der zur Welt kam. Was bedeutet denn zur Welt kommen? Fragen über Fragen, die mich von Anbeginn beschäftigen. Ich hätte nicht schlüpfen wollen, hatte sie gesagt. Wenn ich genau darüber nachdenke, wird es mir bei Mama im Bauch sehr gut gefallen haben. Da war es sicher weich und warm. Bis auf die doofen Schwesterchen und Brüderchen, die jetzt alle hier um mich herum wackeln, weil sie nicht richtig laufen können. Immer fällt einer nach dem anderen um, wenn sie ihre ersten Schritte machen. Verstehe da einer diese Bagage um mich herum.

Nein, ich fühlte mich immer als etwas ganz Besonderes. Nicht wie dieses Fußvolk bei mir.

Keine Frage, Mama Amy ist einfach die Beste. Sie hat mich ganz doll lieb. Da gibt es noch Papa Hector, der mich eines Tages zu sich rief. „Mein Sohn, ich beobachte dich nun schon eine ganze Weile. Du bist ein ganz besonderer Hund, und ich weiß, dass du es eines Tages zu was bringen wirst. Weißt du, wir sind adlige Vierbeiner mit einem langen Stammbaum. Vor langer Zeit hörte ich es, als Frauchen beim Gassigehen hierüber ganz stolz mit einem Mann sprach."

Papa stupste mich liebevoll mit seiner Nase an,

als ich zum ersten Mal im Garten mein Beinchen hob. Und Wow, ich konnte es sogar abwechselnd.

Mama lief schwanzwedelnd hin und her und bellte voller Freude.

Heute Nacht war an Schlaf kaum zu denken. Ich hatte mich versucht an Mama zu kuscheln. Das war so klasse. Bis meine sechs Geschwister nach und nach dazu kamen. Musste meine Mama sie unbedingt herbeirufen? Das Zimmer war groß genug, sie hätten auch woanders schlafen können. Aber Nein, ich lag Knall auf Fall unter ihnen. Vier zwängten mich ein, zwei quer über mir. Die Luft wurde sehr dünn. Ich hätte sterben können, niemandem wäre es aufgefallen. Was für ein schreckliches Rudel.

Als ich meinen Strullermaxe im Garten geleert hatte, hörte ich aus dem Haus Frauchen rufen. „Nepomuk, komm, wir haben Besuch."

Ich ließ mir das nicht zweimal sagen, so rasch rannte ich, tiefergelegt, in einem Affentempo ins Haus. Wo, zum Teufel, kam dieses Bein her, dass plötzlich vor mir stand und ich gegenrannte?

Ich taumelte zurück und Plumps, da saß ich auch schon mit meinem Popo auf dem Boden. Meine Knopfaugen blickten entlang eines langen Beins und dem Oberkörper hinauf bis in ein Gesicht, das recht nett aussah. *Wer ist das? Ach ja, den hatte ich hier schon einmal vor ein paar Tagen hier gesehen. Er hatte sich nach mir und mei-*

nen Geschwistern erkundigt. Ich glaube, es war auch schon sein Name gefallen: Hermann.

„Das ist der jüngste im Wurf", sagte Frauchen zu dem Mann. „Aber er ist auch der lustigste."

Der Mann lächelte, hockte sich vor mich hin und streichelte mir liebevoll über meinen Kopf. „Gott, wie bist du süß." Er blickte hinauf zu meinem Frauchen. „Der wäre also auch noch zu haben?"

„Durchaus, den können sie auch gerne haben", entgegnete sie. „Er muss sich aber auch für sie entscheiden. Wenn er mitmöchte, dann sollte auch er mitentscheiden dürfen."

Wie, er kann mich gerne haben? Auf in große Abenteuer?

Der Mann erhob sich wieder und lächelte Frauchen an. „Wenn es okay wäre, würde ich ihn gerne zum Probewohnen mitnehmen?"

Abenteuer! Abenteuer! Abenteuer! Auf zu großen Abenteuern! Ich war außer mir vor Freude. Weg von dem Rudel. Aber Mama und Papa? Würde ich sie denn nicht mitnehmen dürfen? Kein Wort fiel von ihnen.

Ach egal, meine Freude war so groß, und diesen großen Kerl vor mir mochte ich. Ich schaute ihn an, wedelte, und so zeigte ich ihm, wie sehr ich mich freute.

„Meine Schuhe! Nicht meine Schuhe."

Ich wollte ihm so gerne zeigen, wie toll ich ihn

fand. Also hob ich ganz stolz mein Beinchen und machte mein Bächlein auf seine glänzenden Schuhe. Jetzt sahen sie, nachdem ich daran roch, noch schöner aus.

„Nepomuk, pfui. Nein!" Frauchen gestikulierte in der Luft herum, verschwand aufgeregt in die Küche und kam mit einem Lappen in der Hand zurück. „Herr Winkler, es tut mir so verdammt leid. So etwas hat er noch nie getan." Nach einer Pause ergänzte sie: „Sind Sie sicher, dass sie den kleinen Rabauken noch haben wollen?"

Hermann nickte mit einem Lächeln auf dem Gesicht. „Durchaus. Dieser kleine Kerl hier ist etwas ganz Besonderes. Kann ich ihn denn gleich mitnehmen? Ich denke, Probewohnen dürfte sich erübrigt haben. Er scheint mich wohl jetzt schon toll zu finden."

„Dann kommen Sie bitte mit in mein Büro, dann erledigen wir die Formalitäten. Alle Impfungen hat er schon. Diesen kleinen Unfall von eben bitte ich trotzdem zu entschuldigen." Bei ihren letzten Worten kicherte sie etwas.

Dreißig Minuten später saß ich sicher in einer Box verstaut auf dem Rücksitz von Hermanns Auto. So lautete der Name meines so gut duftenden und lieb aussehenden Herrchens. Hermann war jedenfalls gut gelaunt. Er pfiff zu einem Lied aus dem Radio und blickte ab und an in den Rückspiegel, um nach mir zu sehen.

„So, mein Kumpel, gleich lernst du dein neues Zuhause kennen. Ich bin gespannt, ob es dir gefallen wird."

…Und so beginnen die Abenteuer unseres Super-Helden, des Super-Dackels Nepomuk…

Ich bin dann mal wieder unterwegs

Ich schnappe mir nach einem grellen Pfeifen aus dem Wohnzimmer die Leine, die im Flur liegt und laufe gleich mal begeistert damit ins Wohnzimmer zu Herrchen. Hermann soll schließlich wissen, dass es eine gute Idee war mit mir Gassi gehen zu wollen.

Herrchen flegelt immer noch im Sessel. Das Ding flimmert vor sich hin und zeigt irgendwas von Zweibeinern, die wie durchgeknallt hinter einem großen Ball herlaufen.

Das macht Herrchen immer so. Fußball nennt er das, verstehe trotzdem nicht, was die Zweibeiner an so etwas finden.

Neben ihm auf dem Tisch steht eine Dose, die er gerade in die Hand nimmt und an die Lippen ansetzt. Dann lässt er sich das Getränk, was nicht so dolle riecht, in die Kehle rinnen. Bier nennt er es, ich erinnere mich genau daran, als er das irgendwann zu Klaus, seinem besten Kumpel, gesagt hatte.

Hermann rülpst ordentlich, dann wendet er sich mir zu.

„Nepomuk, was willst du von mir? Wir waren doch erst vor einer halben Stunde draußen."

Ich habe mich interessiert und mit der Leine im Maul vor ihn hingesetzt und wedle voller Freude.

Herrchen geht mit mir raus! Herrchen geht mit mir raus! Aber Herrchen, du hast doch gepfiffen.

Mein Blick ist herzerweichend, ich weiß das, und lege noch einen besonders treudooferen Blick auf, dem Herrchen wie immer nicht widerstehen kann.

Ich finde es immer wieder faszinierend, was für unterschiedliche Gesichtsausdrücke Menschen so hinbekommen. Für die Menschen ist das natürlich viel einfacher, haben sie doch nicht so viele Haare um Augen und Nase herum.

Herrchen schlüpft in die Pantoffeln, wirft mir ein Lächeln zu und krault mich noch einmal hinter den Ohren. „Ach, mein Süßer, dann will ich mal wieder mit dir raus gehen."

Ich bin ein Held, ein Superhund, ein Superdackel. Herrchen geht wieder mit mir raus.

Erzählt er doch ständig was von einem Virus, an dem sich die Zweibeiner anstecken würden. Auch wenn Hermann bei diesen Worten nicht glücklich klingt, bin ich doch froh, dass er so viel

Zeit für mich hat und reichlich mit mir unternimmt. Was ich noch mehr genieße, ist, dass so wenig andere Zweibeiner unterwegs sind.

Nachdem er festes Schuhwerk angezogen und die Jacke übergeworfen hat, greift er noch nach seinem Maulkorb, den er an der Garderobe hängen hat. Mit dem Maulkorb im Gesicht hat er doch gar nicht mehr die perfekte Sicht, denke ich so für mich. Aber es reicht aus um mit mir Gassi zu gehen.

Wen hat er denn eigentlich gebissen, wenn er einen Maulkorb tragen muss? So aggressiv ist doch Hermann gar nicht.

Ich denke an den schwarzen Dobermann Karlchen, der zwei Straßen von mir wohnt. Ich eile mich immer mit Herrchen zu dem Baum an der Ecke, der so eindrucksvoll nach Karlchen riecht und den ich so oft aus der Ferne bewundere. Der trägt auch so etwas. Hermann sagte einmal, er müsse dies tragen, weil er schon andere Hunde wie mich, aber auch einen Zweibeiner bereits in den Popo gebissen hätte.

Ein leichter Wind weht mir in die Nase, als wir das Haus Richtung Gartenpforte verlassen. Es riecht schon ein bisschen nach Abenteuer.

So renne ich voller Freude los. Ich laufe so schnell ich kann mit Hermann hinter mir an der Leine. Also so ein Spaziergang ist immer wieder toll. Auch wenn Hermann hinter mir her schnauft und murrt, dass es schon die neunte Runde heute sei.

Ich verlasse den Weg und trabe auf die Wiese Richtung einiger großer Büsche. Genau hier muss es sein, genau hier.

Ich höre Herrmann hinter mir fluchen, drehe mich um und sehe, dass er in irgendetwas hineingetreten sein muss. Nun ja, igitt, prickelnd riecht es nicht, denke ich so und nehme meine Nase angewidert von seinen Schuhen.

Ich wühle mit meiner Nase durch das Gras vor mir, immer auf der Suche nach einem Loch. Der Geruch ist jetzt ganz intensiv und ein lauter Freudenjauchzer dringt aus meiner Kehle.

„He, ist bei dir alles in Ordnung, Nepomuk?", will Herrchen wissen und versucht weiter seine übelriechenden Schuhe im Gras sauber zu machen.

Super! Ich habe gerade den ersten Mäusebau meiner Karriere als Jagdhund aufgestöbert.

Und Schwupp! habe ich auch meine erste Maus gefangen. Mit dieser im Maul drehe ich mich beglückt zu Hermann um und hebe freudig meine Rute.

Als wir spätabends nach der für mich gefühlten fünften Runde wieder nach Hause kommen, bin ich müde, aber bestens gelaunt.

Hermann lässt sich in den Sessel fallen und murmelt: „Heute nicht mehr, Herkules, wir waren fünfzehnmal Gassi. Mein Fußballspiel ist ohne mich zu Ende gegangen. Mir tun die Füße weh, und ich kann nicht mehr."

Er macht eine kurze Pause, als hätte er Schnappatmung. „Dann hast du den dicken Kater eben noch von Familie Peters gejagt. Der kam kaum den Baum hoch. Freundlich war das nicht. Wie kann man nur so ausdauernd sein?"

Tante Frieda und ihre Überraschung

Heute kommt Tante Frieda! Heute kommt Tante Frieda! Mensch, ich bin ganz aufgeregt. Die ganze Nacht konnte ich schon nicht schlafen.

Wie lange ist es her, dass ich sie das letzte Mal sah? Mindestens hundert Jahre. Weiß ich überhaupt noch, wie Tante Frieda aussieht?

Herrchen hat die Haustür aufgemacht, dass ich raus kann. Draußen im Garten ist es friedlich und ruhig. Ich sehe mich kurz um, ob ich auch ja keine ungebetenen Zuschauer habe, dann laufe ich zielstrebig auf den einzigen Baum zu und hebe mein Beinchen.

Naaaaa, wer sagt's denn! Wie immer hervorragend gezielt und getroffen. Herrchen kann mich mal. Ist ja nicht sein Garten, nein, ist meiner. Jeden Tag werde ich dafür angemault, dass ich das

Beinchen nicht an dem Baum heben soll. Er hätte ihn vergangenes Jahr erst gesetzt und müsse noch wachsen. Wen interessiert's?

Ich schaue zur Haustür, probiere es noch ein paarmal wechselseitig mit dem linken und dem rechten Beinchen.

Irgendwann wird es mir aber zu langweilig. Es ist an der Zeit, dass ich mir die anderen Ecken des Gartens anschaue. Da bin ich schon seit gefühlten Stunden nicht mehr gewesen. Wer weiß, was sich in der Zwischenzeit dort ergeben hat? Schließlich bin ich Nepomuk, Nepomuk, der Super-Dackel.

Hinter dem Bäumchen, wie Hermann es immer bezeichnet, beginnt eine große Rasenfläche, auf die gerade einladend die Sonne scheint. Ein herrlicher Tag, ein wirklich herrlicher Tag.

Kurt, der alte Kater von Familie Peters scheint schon lange nicht mehr da gewesen zu sein. Ich rieche nichts mehr von ihm. Verstehe ich gar nicht.

Beim letzten Mal, als ich ihn dort sah, riss er die Augen auf, schrie „Was willst du schon wieder? Geh mir von der Pelle", dann nahm er Reißaus und suchte sich den nächsten Baum. „Du bist schon wieder in meinem Garten", antwortete ich ihm, riss mich von Herrchens Leine los und rannte ihm hinter, zähnefletschend versteht sich natürlich. Schließlich bin ich ein richtiger Hund. Und jeder soll wissen, dass ich ein Super-Dackel bin.

Seitdem habe ich Ärger mit Herrchen und mit Familie Peters, nur weil jetzt das Fell seiner Schwanzfeder fehlt.

Alte Lusche' schießt es mir durch den Kopf.

Seit diesem Erlebnis geht er mir endgültig aus dem Weg und faucht, dass ich ihm aus dem Weg gehen soll. Das Fell, verstehe einer warum, ist am Schwanzende nicht mehr nachgewachsen.

Zehn Minuten später bin ich mit dem Kontrollieren fertig. Wie jeden Morgen habe ich mit jedem Baum, jedem Strauch und jedem Gänseblümchen im Garten Freundschaft geschlossen.

„Nepomuk, Tante Frieda kommt", hörte ich Hermann rufen.

Wo denn? Ich sehe nichts. Angestrengt starre ich zum Gartentürchen, durch die Zwischenräume hindurch zu einer Häuserzeile schräg über der Straße. Aber die Attraktion, die Herrchen dort gesehen haben will, nämlich Tante Frieda, kann ich beim besten Willen nicht ausmachen.

„Los, renn zum Gartentürchen!"

Am Gartentürchen angekommen, kann ich den Grund für Herrchens Aufregung nur noch zum Teil verstehen. Tatsächlich, Tante Frieda. Hermann sagt immer, dass Tante Frieda ein wenig zu dick sei. Voluminös und etwas aus der Form geraten würde ich eher sagen.

Da steht sie vor dem Türchen, freut sich einen Ast, als sie mich sieht. Heute trägt sie ein weißes

Kleid mit Blumenmuster drauf. Ich schaue es mir genauer an, als sie das Grundstück betritt. WOW! Was für große Blumen.

Daran zu schnuppern, lohnt sich das? Sie sehen sehr einladend aus. Ich würde gerne, ich würde gerne....

„Nein, Nepomuk!", höre ich Hermann in ernstem Ton sagen. „Du nimmst sofort das Beinchen runter. Wage es dich nicht. Das hatten wir erst beim letzten Mal, als den du den für dich scheinbar wohlriechenden Schuh von Frieda mit deinem Pipi durchtränkt hast. Heute nicht!"

Spaßbremse, denke ich so für mich. So schlimm war es doch auch nicht. Roch so faszinierend, als Frieda das Haus betrat. Im Flur nahm ich eine ganze Nase davon. Warum Frieda dann so hysterisch schrie, das ist mir heute noch unbegreiflich.

Frieda tätschelt meinen Kopf. Ich bin glücklich, wedle wie verrückt.

Aber noch blöder sieht Herrchen aus, als er sie begrüßt. Er tänzelt ganz seltsam um sie herum, dazu der Redeschwall. Das kann doch kein intelligenter Dackel ertragen.

Das Einzige, was mich unendlich glücklich macht, ist, dass mir Tante Frieda wie immer einen großen Kauknochen mitgebracht hat. Ein Kauknochen passend für einen Superdackel.

Ich nehme ihn dankend entgegen, indem ich

mein Beinchen schließlich doch an Tante Friedas Kleid hebe, und verschwinde, nachdem ein großes Geschrei folgt, wieder in den Garten unter einen Busch.

Mal schauen, ob ich ihn irgendwann, wenn ich ihn unförmig zu einem Klumpen umgeformt habe, zu den anderen verbuddle….

Wer anderen eine Grube gräbt…

Unfassbar! Einfach unfassbar! Wo sind sie hin? Wo sind meine verbuddelten Knochen? Erst wenn sie eine Zeitlang in meinem Versteck unter dem Busch in der Erde liegen, haben sie ein feines Aroma. Doch jetzt haben sie es nicht mehr. SIE SIND WEG! …einfach weg.

Nur wenige Stunden bin ich nicht draußen im Garten gewesen. Hermann hatte mir Hausverbot erteilt, nachdem ich dem Postboten erklären wollte, was ein Super-Dackel alles kann.

Er kam mit dem Fahrrad vorgefahren, stieg ab und wollte zum Gartentürchen rein. Aber er hatte nicht mit mir gerechnet. Ich stand um die Ecke hinter einem Busch, dann sah ich ihn.

Dabei bellte ich nur, als er das Grundstück betrat. Warum schreckt dieser Jungspund denn so zusammen? Stand da wie eine Zapfsäule, schaute mich mit aufgerissenen Augen an, ich nur leicht lächelnd, ein Schrei folgte, und die Briefe flogen in hohem Bogen durch die Luft. Weg war er.

„Nepomuk!" Mit bösem Blick stand Hermann da und sein nach oben ausgestreckter Zeigefinger pendelte nach links und rechts. Da war er wieder, der Dudu-Finger. „Macht ein guter Hund denn so etwas?"

Hmmm, ob der Postbote womöglich?

Ich setze mich, während ich grimmig in das leere Loch vor mir schaue, auf mein Achterdeck und denke darüber nach, ob sich der Postbote eventuell an meinem Vorrat bedient haben könnte? Sieht ja auch verdammt dünn aus, wenn ich so überlege. Möglicherweise hatte er großen Hunger und beobachtete mich schon eine ganze Weile, wenn ich meinen Vorrat für schlechte Zeiten vergrub.

Egal, wer sie mir auch gestohlen hat, erwische ich denjenigen, beiße ich ihn aus seinem Pelz.

Ich werfe einen Blick durch den Zaun dahinter. Auf der anderen Straßenseite steht er, Dobermann Karlchen, wie er zu mir herüberschaut. Oder sollte er etwa…?

Seine Lefzen sind ganz komisch nach oben gezogen. Nicht so wie sonst, wenn er andere „anlächelt" und gleich, drücke ich es mal höflich aus, in die Flucht schlägt. Nein, das sieht eher aus wie ein fieses Grinsen.

Na warte, wenn du das gewesen bist, werde ich es dir schon zeigen. Mit diesen Gedanken drehe ich mich um und trotte zum Haus zurück.

Ganz erwartungsfroh sitze ich neben Hermann in der Küche und schaue zu ihm auf. Ich weiß, wenn er sich etwas zubereitet – und das duftet oft sehr, sehr lecker, fällt immer wieder was zu mir runter.

„Hier, mein Kleiner", lächelt Herrchen, „schau mal, was ich hier für dich habe."

Hmmm, wie lecker. Hermann beugt sich runter zu mir und reicht mir einen frischen Knochen, an dem sich noch Reste von Fleisch befinden.

Noch während ich mit dem Knochen im Maul nach draußen in den Garten trabe, denke ich an Karlchen mit seinem nicht so ganz astreinen Blick. *Schaue ich doch mal, ob es nicht doch Karlchen war. Wer es auch immer war, die Zeit wird für mich arbeiten...*

„Nepomuk, Gassi!"

Mein Kopf geht hoch, und meine Ohren stellen sich auf und kreisen wie Radarantennen. Habe ich etwa gerade Gassi gehört? Geklimper im Flur, das muss die Leine sein.

Freudig springe ich auf. *Herrchen geht mit mir Gassi! Herrchen geht mit mir Gassi!*

Schon stehe ich vor Hermann und wedle wie verrückt. Es steht abermals die Frage im Raum, wie sonst ja auch, wer sich von uns beiden hier zum Narren macht? Ich, weil ich wie ein Durchgeknallter vor ihm tänzle, bevor ich das Geschirr angelegt bekommen habe, oder Hermann, weil er so putzige Verrenkungen macht und dabei so wunderlich grunzt und lacht?

Also normal ist was anderes. Doch! Ich darf das, denn ich bin ja schließlich ein Hund. Und Zweibeiner finden das possierlich, wenn wir Vierbeiner so drauf sind.

Hermann versucht gerade das Gartentürchen hinter uns zu schließen. „Nepomuk! Verdammt nochmal, zerre doch nicht so an der Leine!", höre ich ihn hinter mir artikulieren.

Wieso befindet sich denn auch gerade der alte Kater Kurt von Familie Peters direkt vor mir auf dem Fußgängerweg?

„Halt! So warte doch!", höre ich Hermann rufen. Die Stimme entfernt sich immer weiter von mir. Und Kurt? Die Entfernung zu ihm wird immer geringer.

Ich renne, was das Zeugs hält, hinter ihm her. Quer über die Straße, zwischen den parkenden Autos hindurch, sodann auf der anderen Seite den Bürgersteig entlang.

Wo bleibt Herrchen? Der war aber auch schon mal sportlicher.

Ich sehe, wie hinter mir die Leine auf dem Boden langschleift. Mir egal. Ich muss diesen komischen Kater erwischen, der weiter vor mir herläuft und dem immer noch das Fell an der Schwanz-spitze fehlt.

Ich werde abrupt ausgebremst und überschlage mich beinahe.

„Jetzt reicht es aber!" Herrchen hat seinen üb-lichen Trick angewendet und ist, nachdem er wie immer mit Schnappatmung hinter mir her gehe-chelt ist, auf die Leine getreten und hat mich auf diese Weise zum abrupten Stehen gebracht.

Der ernste DuDu-Finger von Hermann taucht wieder vor mir auf. Ich schaue kurz zu ihm auf, dann drehe ich meinen Kopf dorthin, wo Kurt ent-lang gerannt war.

Nicht weit von mir steht dieser doofe rote Kater mit einem unkameradschaftlichen Grinsen auf dem Gesicht.

„Du fetter Kater, bleib endlich stehen. Du ent-kommst mir nicht. Früher oder später habe ich dich", brumme ich ihn an.

„Versuchs doch. Du steckst leider ziemlich in der Klemme." Kurt dreht sich von mir weg, um zufrieden weiter zu trotten. Er weiß ganz genau, dass ich ihm erstmal nicht mehr auf die Pelle rü-cken kann.

Provozierend spaziert er mit stark schaukeln-dem Hinterteil und geradem Schwanz davon.

Ui! Was will der denn jetzt? Wenn das mal kein Schicksal ist!

Mitten auf dem Gehweg taucht mit einem Male

Karlchen auf - *ohne* Maulkorb.

Gottlob hängt am anderen Ende der Leine Herr Kunze. Er hat seine große Mühe und Not ihn zu halten. Und Karlchens Blick war auch schon erquicklicher.

Kurt bleibt wie angewurzelt zwischen mir und Karlchen stehen. Den Schwanz kerzengerade und fellabstehend, sofern das bei dem Rest überhaupt möglich ist, dreht er sich langsam zur Seite und scheint sich mit dem Gedanken zu tragen, sich durch den Zaun auf der linken Seite zu verziehen.

Gesagt, getan.

Nach anfänglichem Knurren von Karlchen verschwindet zuerst der Kopf zwischen den Brettern hindurch. Bedauerlicherweise hat der Rest des aus der Form geratenen Körpers so seine Schwierigkeiten damit ebenfalls durchzukommen.

Bellen folgt, meine Gegenseite bringt sich zähnefletschend in Position, um sich den Kater zu schnappen. Und Herr Kunze, ein untersetzter und glatzköpfiger Kerl, kann ihn kaum noch halten.

„Pfui! Aus! Lass das, Karlchen." Millimeter für Millimeter rutscht er langsam auf dem Asphalt hinter ihm her.

„Hallo Herr Kunze", höre ich Hermann hinter mir sagen. Er macht einen Schritt zurück und zuppelt heftig an meiner Leine. Ich soll es ihm wohl gleichtun. „Na, Ihr Karlchen ist aber heute auch nicht gut drauf, wie?"

Ehe Karlchen den alten Kater am Hinterteil erwischen kann, um ihm auch noch den Rest seines zerzausten Fells auszureißen, gelingt es Kurt mit einem seltsam klingenden „Flutsch" seinen Revuekörper zwischen den Zaunbrettern hindurchzuzwängen.

„Ich weiß nicht, was er heute hat", jammert Herr Kunze und kann Karlchen kaum halten. „Seit dem Moment, als er vor kurzem von draußen ins Haus kam, hat er ganz schön miese Laune."

Der Kater ist weg!

Schlechte Laune? Weshalb? Was für eine Laus ist dem denn über die Leber gelaufen?

Augenblicklich sehe ich, weshalb Karlchen so schlechte Laune hat.

Sein Gebiss ist alles andere als strahlend weiß. Es hat an Leuchtkraft verloren. Die Zwischenräume sind eingefärbt, eklig braun. Und obwohl ich weiter weg von ihm stehe, kann ich die Duftnote, die meinen Riechkolben erreicht, exakt zuordnen.

„Du hast Glück", brummt Karlchen zu mir rüber, „dass ich an der Leine bin. Sonst würde ich dich zerpflücken."

Ich ziehe die linke Lefze grinsend nach oben.

„Tja, Kumpel, das ist die Strafe für Diebstahl." Er war es also, der mir meine Knochen aus dem Garten gestohlen hatte. Tja, wie heißt es so schön, wer anderen eine Grube gräbt? Der von mir gekennzeichnete Knochen entsprach wohl nicht seinem Geschmack?

Ein Indianer kennt keinen Schmerz?

Der Plan, heute mit Hermann eine große Runde im Feld spazieren zu gehen, scheint sich in Luft aufzulösen. Er hat bemerkt, dass ich auf mein hinteres, rechtes Beinchen nicht auftreten kann. Dabei habe ich alles nur Erdenkliche versucht es zu verbergen.

„Nepomuk ist in irgendwas rein getreten", sagt er zu Tante Frieda am Telefon. „Ich melde mich, wenn wir wieder zu Hause sind. Dann kannst du uns gerne besuchen. Nepomuk wird sich sicher freuen."

Hermanns beendet das Telefonat.

Er denkt kurz nach, jedenfalls legt er seine Stirn in Falten. Und das ist meistens ein gewisses Zeichen dafür.

Ich habe bereits viel in Sachen „Verstehe einer die Menschen" gelernt. Schon lange habe ich mir angewöhnt, Menschen mehr im Gesicht zu beobachten. Da erfährt man sehr viel über die augenblickliche Stimmung.

„Wir fahren jetzt zu unserem Tierarzt. Er soll mal auf deine hintere Pfote schauen."

Keine halbe Stunde später sitzen wir schon zu zweit in Dr. Möllers Praxis.

Ich muss zugeben: Wenn mir nicht meine Pfote so wehtun würde, wäre es hier sicher recht interessant. Von meinem Platz auf Hermanns Schoß kann ich exakt sehen, was hier im Wartezimmer los ist.

Neben uns unter dem Stuhl steht eine Transportbox, in denen zwei Kaninchen hocken.

Irre! So nah habe ich die noch nie gesehen.

Da ist auf einmal dieses warme Kribbeln in meiner Nase. Zu gerne würde ich auf den Boden hopsen und mir die beiden mal genauer anschauen.

Hihi! Ein wenig durchs Wartezimmer jagen fände ich jetzt toll. Freilich nur zum Spaß versteht sich. Das nennt man gewissermaßen Solidarität unter Haustieren. Kneifen in die Hinterläufe würde sie sicher nicht umbringen.

Bei dem Gedanken tut mir meine Pfote schon nicht mehr so weh.

Gemächlich rutsche ich mit meinen Vorderläufen von Hermanns Schoß. Dabei schaue ich kurz hoch, ob er mich dabei beobachtet. Nein, er unterhält sich angeregt mit einer Frau, die darauf wartet, dass sie die Medikamente für ihren Mops bekommt, der längst draußen im Auto auf sie wartet.

Gott sei Dank ist der schon weg. Der ging mir ganz schön auf die Zwiebel. Wollte ständig an mir schnuppern. War sicher ein Mädchen, das händeringend nach dem Mann fürs Leben sucht. Nun ja, so schön war sie nun auch wieder nicht. Diese platte Nase. Wenn ich daran denke, dass ich mit ihr näseln müsste?

Sachte lasse ich mich also vom Schoß gleiten und lande direkt vor der Kaninchenbox. Hermann streicht mir kurz über meinen Kopf, dann wendet er sich wieder der Frau zu.

Ich blicke mich um, die Luft ist rein. Warum? Der Kaninchenmensch steht nämlich am Anmeldetresen und spricht dort mit einer jungen Frau.

So, Kinder, dann könnten wir doch jetzt mal ein bisschen spielen, oder?

Ich presse also meine Schnauze an die Box.

Der Geruch ist so herrlich. An für sich könnte ich bellen vor Freude, aber das lasse ich lieber, sonst falle ich auf. Und Hermann soll hiervon nichts mitbekommen. Denn sonst ist der Spaß vorbei, bevor er begonnen hat.

Die Kaninchen glotzen mich an. Hingerissen scheinen sie nicht zu sein, als ich versuche, den Riegel hochzuschieben, der die kleine Gittertür vorn verschließt.

Klack! Das Gittertürchen schwingt nach vorn auf. Herrlich! Es hat funktioniert. Schon hänge ich mit dem Kopf drinnen. Ich versuche das größere Kaninchen zu packen. Vor lauter Angst quiekt es auf. Versteht es denn gar keinen Spaß?

Dann geschieht etwas, mit dem ich nicht gerechnet habe. Das kleinere Kaninchen schießt im Nu nach vorn und beißt mir voll in die Nase. Ich jaule auf und ziehe meinen Kopf aus der Box. Dabei stoße ich mir noch den Kopf. Das ist ja jetzt echt gemein!

Während ich mich schüttle, nutzen beide Nager die Chance aus der Box zu flüchten. Ich belle sauer und merke nicht, dass ich noch angeleint bin.

Als ich versuche hinterherzukommen, verfängt sich die Dame neben Hermann in der Leine. Sie springt aufgeschreckt hoch, als eines der beiden Kaninchen zwischen ihren Beinen durchhuscht.

Sie taumelt und fällt genau in die Arme eines Mannes im weißen Kittel, der just in diesem Moment neben der Stuhlreihe die Tür öffnet und höflich „Herr Winkler mit Nepomuk?" in die Runde ruft.

Ich komme nicht weiter zum Nachdenken, denn der Kaninchenbesitzer kommt schon aufgeregt herbeigerannt. „Sancho! Pancho! Meine armen Kleinen. Verdammter Köter."

Bevor er sich auf mich stürzen kann, denn seine Augen quillen ihm vor Wut schon fast aus dem Schädel raus, drücke ich mich unter den nächsten Stuhl.

Hermann zieht hektisch an der Leine. Die ältere Dame, die mit einem schon etwas betagten Pudel uns gegenüber auf einem Stuhl dasitzt, bekommt vor Aufregung einen Hustenanfall.

Und zu guter Letzt sehe ich, wie der jungen Frau daneben die kleine Box, die sie festhält, nach unten auf den Boden knallt. Dabei öffnet sich deren Gittertür und ein blauer Wellensittich kommt heraus und flattert aufgeregt im Raum umher.

Die Dame, mit der sich Hermann unterhielt, fühlt sich immer noch umfangen von dem Mann im weißen Kittel.

Ich warte aber darauf, dass er sie fallenlässt und Jagd auf mich machen wird.

Nichts dergleichen passiert jedoch. Stattdessen fängt Dr. Möller schallend an zu lachen.

Er hilft der Frau wieder auf die Beine und kniet sich vor den Stuhl, unter dem ich immer noch hocke und streichelt mir über den Kopf. „Na, mein Kleiner, da hast du ja ein ganz schönes drunter und drüber hinterlassen.“

„Ach du meine Güte, Herr Möller, das ist mir so unglaublich peinlich. Verzeihen Sie bitte, ich hoffe, dass den Kaninchen und dem Wellensittich nichts passiert ist.“

Elender Verräter! Die sollten sich lieber um mich kümmern. Mich überkommt wieder dieser scheußliche Schmerz in meiner Pfote, den ich mir beim Jagen von Kurt zugezogen habe. Mit diesem Kater habe ich noch jede Menge Rechnungen offen. Wehe dem, ich kann wieder richtig laufen.

Aber Dr. Möller weiß Prioritäten zu setzen und nimmt mich auf den Arm.

„Es muss Ihnen nicht peinlich sein. Das kleine Kerlchen kann eigentlich nichts dafür. Dackel sind jahrhundertelang für die Jagd gezüchtet worden. Gegen solch einen langen Zeitraum der Zucht kann auch der wohlerzogenste Hund nicht an."

Er streichelt mich, ich schlecke seine Hände ab. „Dann will ich doch mal schauen, welche Beschwerden dieser kleine Kerl hier hat. Kommen Sie doch bitte mit mir, Herr Winkler."

Hungrig nach Schwein auf Toast

Als wir spätabends wieder nach Hause kommen, bin ich ziemlich müde. Und hungrig, richtig hungrig. Ich könnte ein ganzes Schwein auf Toast verdrücken. Mein kleines Hundebäuchlein knurrt so heftig, dass ich mich vor mir selbst erschrecke.

Hermann war mit mir endlich wieder im Feld.

Ehe wir durchstarteten, fuhren wir zum Tierarzt. Dr. Möller wollte noch einmal auf meine Pfote schauen.

Er lachte, als er mich sah. „Ach, da ist ja unser Dackel, der alles auf den Kopf stellte."

Sanft tätschelte er meinen Kopf. „Alles super verheilt. Nun kann Nepomuk wieder toben."

Die Autofahrt darauf war wie immer irre spannend. Nicht so unspektakulär wie sonst.

Diesmal setzte mich Hermann mit meinem Brustgeschirr auf den Beifahrersitz. Er nennt es Sicherheitsgeschirr.

Ich frage mich eben, wer hier in Sicherheit gebracht werden soll? Ich oder die anderen? Immerhin bin ich ein furchtloser Super-Dackel.

Dass ich hier auf dem Beifahrersitz Platz nehmen musste, war ja nichts neues. Auf der Rückbank sah es auf wie auf der Müllhalde. Und in der Box im Kofferraum fand ich auch keinen Platz. Selbst die war bis unter den Deckel zugemüllt.

Tante Frieda kam von Zeit zu Zeit und räumte dann das Innere des Wagens auf.

„Typisch Mann, typisch Mann. Hermann, du hast absolut keine Ordnung", hatte sie stets geschimpft, wenn sie kopfüber im Auto steckte und nur das breite Hinterteil mit dem wundervollen Blümchenmuster auf dem weißen Kleid zur Tür herausschaute. „Du solltest dir lieber eine Frau suchen, statt so zu verkommen. Du bist doch ein recht attraktiver Mann. Ich verstehe das nicht. Häng nicht ständig vor der Flimmerkiste und schau dir mit deinem Kumpel diesen blöden Fußball an."

So flitzte ich immer wieder weg, wenn irgendwas rausflog. Das waren Attentate, richtige Attentate auf einen armen Kurzbeinhund.

Die Fahrt hinaus zum Feld war klasse. Aus dieser Perspektive heraus die Autofahrt genießen zu dürfen, hatte ich selten bis gar nicht.

Wie oft hatte ich Hermann zu verstehen gegeben, dass ich die Fahrt in der Hundebox nicht vertrage. „Oh Gott, du hast ja schon wieder gekotzt", war dann die Erkenntnis, wenn er den Wagen abstellte und die Heckklappe öffnete. „Weshalb verträgst du denn die Fahrt in der Box nicht? Vorn geht's doch."

Meine anfängliche Angst, ich könnte hier vorn herausfallen, war verflogen. Ich saß stolz auf dem Beifahrersitz, das Fenster ein Spalt offen, hielt die Nase in die herrliche Sommerluft, und meine Öhrchen wehten im Wind. Ein Traum.

Hermann hatte das Radio eingeschaltet. Er sang gutgelaunt in den hellsten und schrägsten Tönen mit. Es klang so, als hätte man Kurt mit voller Wucht auf den Schwanz getreten. Zu was er genau flötete, konnte ich gar nicht genau sagen.

Es rauschte so in meinen Ohren, dass ich es nicht besonders gut hören konnte. Aber das war mir auch egal.

In dem Moment auf dem Beifahrersitz hatte ich vielmehr das Gefühl zu fliegen, und das fühlte sich einfach großartig an.

Während des langen Spaziergangs tollte ich ausgelassen durchs Feld. Ich traf neben neuen Hunden auch Vierbeiner, die ich lange nicht mehr gesehen hatte. Darunter Tiberius, das ist so ein großer, immerzu grimmig schauender alter Hund.

„Ich habe viele Jahre ein großes Fabrikgelände bewacht. Das war mein Hauptjob. Und ich war gut in diesem Job. Jetzt sind meine Augen nicht mehr so gut und bin deshalb im Ruhestand."

Immer, wenn ich ihn traf, erzählte er mir diese Geschichte. So auch dieses Mal wieder.

Möglicherweise litt er auch an Demenz. Aber ich wollte nie unhöflich sein, und so legte ich dieses „Was-eine-tolle-und-spannende-Geschichte"-Gesicht auf.

Ich holte die Stöckchen, die Hermann warf.

Ein Stöckchen erreichte mich jedoch nicht. Als er ausholte, um es zu werfen, stieß er mit seinem Oberkörper mit voller Wucht gegen einen Baumstamm und kippte dann nach hinten weg.

Sofort war ich zu ihm gerannt und schlapperte ihm übers Gesicht. Ob er sich wehgetan hatte? Auf alle Fälle lag er wie ein Maikäfer auf dem Buckel. Und er roch vorzüglich nach Kuhfladen…

Hermann geht nun zusammen mit mir in die Küche, um mir mein Fresschen zu geben. Statt meines Menüs finde ich etwas im Napf vor, was automatisch zuerst meine Nase rümpfen lässt.

„Lass es dir schmecken, Kumpel." Er hat sich ein Buch über Hunde gekauft, ich habe es im Wohnzimmer auf dem Tisch liegen sehen. Sicher steht da auch was über gesunde Ernährung drin, und das ist dann wohl das erste Kapitel: Die Ära des Dosenfutters ist vorbei.

Als ich meine Nase erneut in den Napf stecke, weiß ich, warum es heute Vormittag in der Küche so verführerisch geduftet hat. Frische Hühnerleber und Herzen, extra für mich zubereitet. Ah, was für ein vorzügliches Gericht.

Es ist zwar kein Schwein auf Toast, aber allemal besser als das Dosenfutter. Dosenfutter war ja okay, aber was da Hermann immer drunter gemixt hat, das ging auf keine Hundehaut. „Damit du besser Kacki machen kannst."

Einmal war Hermann ziemlich sauer auf mich, als er genau dieses Futter Wochen später hinter einer Kommode wiederfand. Sein Gesichtsausdruck wirkte auf mich eher witzig.

„Was riecht hier so abscheulich?" Er rümpfte wie ich die Nase und ging dem Duft nach, der sich im Wohnzimmer breit gemacht hatte.

Allerdings war sein Gesicht, als er es entfernte, ziemlich zerknautscht, nein, eher zornig.

„Das stinkt ja erbärmlich", hatte er noch gesagt, als er mit einem Küchentuch bewaffnet das in Grau- und Grüntönen verfärbte pelzige Fressen entfernte.

Dabei hielt er sich mit dem Zeigefinger und dem Daumen der anderen Hand die Nase zu.

Da hat er halt mal sehen müssen, was er mir immer so anbot. Schämen sollte er sich.

Ich sollte möglicherweise zum Lehrer umschulen, denn so kann er noch viel von mir lernen.

Auch in Sachen Ernährung. Und das Geld, was er für das Buch ausgegeben hat, hätte er in mein Schwein auf Toast investieren können. Denn wenn er lernt, ist das auch positiv für mich.

Eine Frau für Hermann

Das Wetter ist heute sommerlich schön, deshalb tummeln sich im nahegelegenen Park mehr Menschen, als man sich in Ruhe anschauen kann.

Hermann, Tante Frieda und ich beschließen, uns einen Platz auf einer der Parkbänke in der Nähe unseres Hauses zu suchen.

Tante Frieda trägt heute ein hübsches knielanges gelbes Kleid. Sieht schick aus, nur die Farbe tut mir, wenn ich länger hinschaue, in den Augen weh. Überdies fehlen die Blumen. Stattdessen schmücken Kakteen das Kleid. Ist das ein Hinweis für mich, dass ich das Beinchen nicht…?

Leider sitzen auf den beiden ersten Bänken entweder nur junge Frauen, die mit ihrem Smartphone herumspielen, oder aber der alte Herr Schmidt mit seinem Basset Pups.

Pups liegt entspannt neben der Bank auf der Wiese, und Herr Schmidt winkt uns freundlich zu.

Bei der dritten Parkbank werden *sie* schließlich fündig. Eine hübsche junge Frau hat sich dort niedergelassen.

Frieda freut sich, rammt Hermann ihren Ellenbogen in die Seite mit den Worten „Wäre die nicht was für dich? Die ist hübsch".

Hermann stolpert und wirft Frieda einen erbosten Blick zu. „Also Frieda, sind wir hier bei der Partnervermittlung? Wenn, dann suche ich mir meine Frau schon selbst."

Ich finde die Frau niedlich, denke ich so für mich. Da hat Frieda schon einen echt guten Geschmack. Warum passt das jetzt Hermann nicht?

Bevor Frieda weiter tätig werden kann, um Hermann mit ihr zusammenzubringen, steuert auf einmal ein junger Mann auf die Bank zu. Er beugt sich zu der Frau herunter und küsst sie. Alsdann setzt er sich neben sie.

„Sie hat schon einen Mann", höre ich Hermann sagen. Er scheint ganz erleichtert zu sein.

Frieda scheint enttäuscht, kichert aber. „Das ist echt schade. Dabei ist sie eine ganz hübsche. Sowas würde ich dir wünschen." Sie macht eine kurze Pause, ergänzt dann: „Und die dir etwas mehr Ordnung in dein Leben bringen könnte."

„Ich kann das schon ganz gut selbst, Frieda", Hermanns Stimme hebt sich. „Falls du darauf anspielst, wie es in meinem Kombi aussieht."

„Als wenn dort eine Sprengladung hochgegangen wäre", sagt Frieda. „Ich kann nicht jeden Tag da sein, um bei dir aufzuräumen. Schließlich habe ich meinen eigenen Haushalt und Familie."

Für meinen Dackelgeschmack sieht die junge Frau auf der Bank sehr nett aus, sogar niedlich.

Warum ist denn Frieda plötzlich so darauf erpicht, eine Frau für Hermann finden zu wollen?

Ich komme ganz gut alleine mit ihm klar. Eine Frau im Haus zu haben, könnte womöglich Schwierigkeiten bedeuten. Das leckere Fresschen, was ich jetzt von Hermann bekomme, für die Zubereitung hätte er womöglich keine Zeit mehr.

Für einen Moment schaue ich noch zu den beiden auf der Bank, sehe, wie sie aneinanderkleben und sich ineinander festgesaugt haben.

Irgendwann habe ich mal aufgefangen, dass das küssen sein soll. Das ist einfach nur ein nasses Gesabber, was die dort halten, mehr nicht.

Da schlappere ich doch lieber an meinem frischen Knochen herum, den mir Hermann einmal pro Woche gibt. Und der sabbert nicht zurück.

„Da ist noch eine Frau", lacht Frieda. „Ich habe sie schon gesichtet. Schau mal da vorn."

Wir laufen ein Stück, und ich bemerke an Hermanns Gesicht, dass er langsam eingeschnappt ist. Er brummt zu Frieda: „Du scheinst es nicht aufzugeben, wie?"

Ich laufe ein Stück voraus und mache vor einer Bank neben einem schönen Blumenbeet halt.

Die Frau dort sieht auch nicht schlecht aus. Sie liest eine Zeitung, und das scheint ein Zeichen von gewisser Bildung zu sein.

Damit Frieda nicht ständig weiternervt, tue ich etwas, was mir selbst widerstrebt. Ob es eine gute Idee ist das zu tun…?

Ich rolle mich also auf den Rücken und beginne zu kläffen. Und zwar so richtig erbärmlich.

Nach einer Weile blickt die Frau von ihrer Zeitung auf und beobachtet mich interessiert. Denke ich zumindest, denn ich kann es von meiner Warte aus nicht so genau erkennen.

Mist! Die Frau scheint nicht die geringste anteilnehmende Regung auf meine Schauspielkunst als todkranker Hund zu zeigen.

Ich winde mich indessen direkt vor ihren Füßen und jaule so kläglich, wie ich nur kann. Vor lauter Jaulen und Japsen bildet sich sogar ein wenig Schaum vor meinem Maul.

Was auch immer in anstelle, die Frau schaut mich nur gelangweilt an, zieht sogar ihre Füße ein Stück zur Seite, um kurz darauf aufzustehen.

Schließlich dreht sie sich um und geht einfach weg. Es ist nicht zu fassen. Ich bin sprachlos. Das gibt es doch einfach nicht.

Allmählich holen mich Frieda und Hermann ein. Sie sehen zuerst auf mich herab, dann zu der

Frau, die ein Stück weiter entfernt aus ihrer Tasche ein Handy herausholt und zu telefonieren beginnt. „Hallo, Polizei? Hier spricht Kamprath. Ich möchte einen akuten Verdacht auf Tollwut melden. Verbinden Sie mich bitte mit der zuständigen Stelle."

„Verdacht auf Tollwut?" Hermann glaubt sich verhört zu haben. „Nepomuk, was hast du angestellt?"

Frieda fängt lautstark an zu lachen.

„Warum lachst du so?", fragt Hermann mit großen Augen. „Die Frau dort drüben meldet Tollwut. Verkennst du hier den Ernst der Lage?"

„Wie sich das geäußert hat?", höre ich die Frau fragen.

ICH soll Tollwut haben? Dabei hatte ich doch eher gehofft, dass die Frau Reue zeigt, als sie stehengeblieben war und nochmal zu uns rüber schaute. Stattdessen ruft sie die Polizei an. Sie spricht laut genug weiter, dass es auch Frieda und Hermann mitbekommen.

„Ich würde sagen, plötzliche distanzlose Anhänglichkeit, etwas Schaum vorm Maul. Wie, das hier ist kein Tollwutgebiet? Verstehe. Aber sollten Sie nicht vorsichtshalber jemanden vorbeischicken?"

Ich kann sehen, wie Hermann an sie herantritt. „Bitte entschuldigen Sie", stammelt er. „Ich habe gerade Ihre Aufregung mitbekommen."

Frieda hockt sich vor mich und krault mich hinter meinen Ohren. „Ach Nepomuk, ich glaube, du hast verstanden, was ich zu Hermann sagte, dass er sich endlich eine Frau suchen soll."

Als sie sich aufrichtet, höre ich ein leises Ratschen. Mit aufgerissenen Augen steht Frieda da und greift nach hinten an ihren Rock. „Oh Gott, ich muss nach Hause. Sowas ist mir noch nie in der Öffentlichkeit passiert."

Ich laufe wedelnd um sie herum, weil ich wissen will, was sie damit meint.

Dann sehe ich was geschehen ist. Durch einen langen vertikalen Riss kann ich Tante Friedas Unterwäsche sehen. Wie putzig, eine weiße Unterhose mit Hundemotiv.

Und auf der Wiese, da diskutiert Hermann immer noch mit der jungen Frau. Ob es die Frau des Lebens wird ist fraglich.

Alles in Allem war es für mich ein spektakulärer Spaziergang im Park.

Die Frau an seiner Seite

Tatsächlich hat Hermann nun eine Frau an seiner Seite. Tante Friedas Wunsch scheint in Erfüllung gegangen zu sein. Und dazu noch die, mit der Hermann im Park herumdiskutierte.

Eine Nacht liege ich im Körbchen und kann nicht schlafen. Zu viel geht mir durch den Kopf.

Stefanie. Stefanie heißt die junge Dame, mit der Hermann jetzt verbandelt ist. Ob sie wirklich so tierlieb ist, wie sie ihm ständig sagt? Der Blick mir gegenüber spricht mehr als tausend Bände.

Ich wälze mich unruhig hin und her.

Unerwartet höre ich ein Geräusch, stelle meine Ohren auf. Es ist ein Murmeln, oder eher ein Jammern?

Ich rapple mich auf, klettere aus meinem Körbchen und trabe aus dem Wohnzimmer Richtung Flur. Dort kann ich das Geräusch noch viel besser wahrnehmen. Es kommt aus dem Schlafzimmer. Es ist wirklich ein Jammern.

Du große Güte, geht es Hermann nicht gut?

Die Tür zum Schlafzimmer ist nur angelehnt, deswegen kann ich leise hineinhuschen. Im Raum ist es bedauerlicherweise völlig dunkel, ich kann einfach nichts erkennen.

Und erneut dieses Geräusch, was inzwischen zu einem Stöhnen geworden ist. Zu meiner großen Erleichterung ist es aber eindeutig Stefanie, der es scheinbar nicht gut geht.

Mein allererster Gedankenflug: Gott sei Dank ist mit Hermann alles okay. Mein weiterer: Hier kommt meine Chance! Die Chance, kühn und heldenhaft zu handeln. Denn Stefanie liegt offenbar im Bett und windet sich unter Schmerzen.

Hermann schläft vermutlich, sonst würde er sie hören und ihr helfen. Also werde ich sorgen, dass er aufwacht und Stefanie nicht länger leiden muss. Dann wird Hermann wie immer erkennen, was für ein toller Hund ich bin.

Mit einem waghalsigen und unerschrockenen Satz springe ich ins Bett, genau neben die stöhnende Stefanie. Unbegreiflich, dass Hermann sie nicht hört, denn er liegt mehr oder weniger unter ihr.

Es ist mir einfach rätselhaft, wie Menschen so grottenschlechte Ohren haben können. Nichts bekommen sie mit. Aber dafür haben sie ja mich.

Und keine Angst, Stefanie, an deiner Seite ist jetzt ein treuer und toller Freund auf vier Beinen. Nicht jeder kann sich hier so glücklich schätzen.

Sie windet sich regelrecht in ihren Schmerzen, das Gesicht ist nach unten gerichtet.

Ich stelle mich an Stefanies Schulter hoch und schlecke ihr geschwind den Nacken ab. Sie soll wissen, dass Hilfe nah ist.

Stefanie zuckt zusammen. Anschließend fange ich an, möglichst laut zu kläffen. Ich hoffe, dass Hermann unverzüglich aufwacht.

Das Nächste, an was ich mich noch entsinnen kann, ist, dass ich waagerecht durchs ganze Zimmer fliege und sehr unsanft neben der Schlafzimmertür auf dem Boden lande.

Im Raum wird es plötzlich hell.

Wie durch ein Wunder genesen steht Stefanie schäumend vor Wut über mir. „Du blöder Köter! Ich sorge dafür, dass du aus dem Haus kommst."

In diesem Augenblick steht Hermann hinter ihr. Von dem ganzen Lärm scheint er wohl wach geworden zu sein.

Er packt sie von hinten an der Schulter und dreht sie zu sich um. „Nepomuk wird das Haus nicht verlassen. Dass er uns gestört hat, lag sicher nicht in seiner Absicht."

Ein lautstarker Streit zwischen den beiden entfacht. Und ich, ich zittere wie Espenlaub. Das ist einfach zu viel für mein empfindliches Nervenkostüm. Zudem verstehe ich nur Bahnhof. Ich wollte doch einfach nur helfen.

„Du armer Kerl", Hermann bückt sich zu mir und nimmt mich auf den Arm. Er drückt mich an sich und presst sein Gesicht in meinen Nacken. „Du zitterst ja ganz doll."

„Was läuft hier?", herrscht Stefanie Hermann an. „Hast du ein erotisches Verhältnis mit dem Hund oder mir?"

Die restliche Nacht verbringe ich in meinem Körbchen im Wohnzimmer. Obwohl ich übermüdet bin, kann ich nach diesem ganzen Desaster nicht mehr schlafen.

Ab und an hebe ich die Öhrchen und lausche in die Dunkelheit. Völlige Stille, nachdem die Haustür laut ins Schloss flog und Stefanie wie ein wild gewordener Handfeger in Bruchteilen von Minuten all ihre Habseligkeiten zusammenpackte und Hermann sie ein für alle Mal verließ.

Friedensvertrag mit Kurt?

Im Garten ist es gegenwärtig eintönig. Wo vor ein paar Tagen noch Eichhörnchen im Garten waren und über die Wiese liefen, ist von denen heute keine Spur mehr zu finden.

Eichhörnchen sind keine großartige Beute für mich, dafür springen sie auf der Flucht viel zu schnell auf die Bäume.

Selbst so ein toller Hecht wie der rote Kater Kurt hätte da keine Chance.

Die Maulwürfe müssen sich auch verzogen haben. Hermann hat so einen ausgefallenen Stab auf jeden einzelnen Hügel in die Erde gesteckt.

Seine Worte „Das Geräusch werden nicht nur sie nicht mögen" waren deutlich genug, um auch mir zu signalisieren, dass ich nicht ständig dort zusätzlich herumbuddeln soll und Krater wie in einem Krieg hinterlasse.

Dieses Jahr wird die Wiese von einem Blumenbeet umrahmt, welches Tante Frieda selbst angelegt hat. Es ärgert mich ein wenig, dass die Grashalme dort dafür weichen mussten. Gerade da war es geschmacklich besonders vorzüglich, wenn ich mal wieder meinen Magen damit reinigen musste.

Als Gegenleistung riecht es jetzt süßlich-sommerlich, und zahlreiche Bienen und Hummeln schwirren schwerbeladen von Polle zu Polle.

Ich schnüffele ein wenig am Rand herum, entdecke aber nichts Interessantes.

Gerade, als ich mich umdrehen will, höre ich jemanden rufen.

„Hey Nepomuk, komm mal rüber."

Das ist doch nicht etwa die Stimme von Kurt? Der wird sich doch nicht kackfrech einfach hier in meinem Garten aufhalten?

Ich entschließe mich, erstmal nicht zu reagieren. Obwohl es mich in den Pfoten juckt.

„Ach Menno, Nepomuk, so komm doch mal."

Langsam drehe mich um, bewege mich aber immer noch nicht vom Fleck. Wo zum Kuckuck steckt er? Ich kann ihn nirgends sehen. Auf der Wiese nicht, selbst auf dem Baum kein Kurt.

„Kurt, wo bist du? Ich sehe dich nirgends."

„Ich bin hier drüben."

„Wo? Auf dem Baum? Da ist kein roter Kater."

„Nein, auf dem Tisch."

Auf welchem Tisch? Ich kann einen Tisch nicht entdecken, und ratlos schaue ich mich um.

„Hinten links hinter dem Beet steht er. Lauf das Beet entlang, dann siehst du ihn."

Ich trabe also los und sehe tatsächlich hinter

dem Blumenbeet einen großen Gartentisch, nein, eher die langen Tischbeine davon. Ich bin schließlich ein Dackel, dessen Sichtfeld hinter große Pflanzen ziemlich eingeschränkt ist.

Wenn ich Tiberius wäre, hätte ich ihn schon lange entdeckt. Tiberius ist mindestens dreimal so hoch wie ich. Allerdings bezweifle ich, dass es ihm mit seiner aktuellen Sehkraft gelungen wäre. Er konnte beim letzten Mal ja nicht mal einen Whippet von einem Gebüsch unterscheiden und wollte das Beinchen an ihm heben. Paulchen war ziemlich pikiert über sein Verhalten. Letztendlich ist er sein bester Freund und trifft sich fast täglich mit ihm im Feld.

„Genau, nun bist du richtig. Spring hoch auf den Stuhl, dann kannst du mich sehen."

Hoppla! Der Stuhl, der beim Tisch steht, ist ziemlich hoch. Ob ich dort wohl mit einem Satz raufkommen werde?

„Ich bin mir unsicher, ob ich da überhaupt hoch schaffe. Warum sagst du mir nicht einfach, was du von mir willst?"

„Das geht nicht. Also gib dir bitte die Mühe und spring hoch, ja?"

Ich gebe einen hundigen Seufzer von mir und mache eine paar Schritte zurück. Dann nehme ich Anlauf, sause los und hechte auf den Stuhl. Ach du große Güte, das war ganz schön knapp. Aber immerhin habe ich es geschafft.

Man kann sagen, ich darf stolz auf meine Leistung sein. Nun sitze ich hier und entdecke Kurt eingesperrt in einem großen Vogelkäfig, der mitten auf dem Gartentisch steht. Er blickt unglücklich zu mir rüber.

„Jetzt weißt du, warum ich dich gebeten habe hier rauf zu kommen."

Ich weiß nicht, ob ich wütend darüber sein soll, dass er sich im Garten aufhält oder eher lachen soll, weil er sich in dieser misslichen Lage befindet. Ich halte mich zurück, denn wenn ich wirklich anfange zu lachen, ist die Gefahr recht groß, dass ich gleich wieder vom Stuhl falle.

Ein wenig Mitleid habe ich jetzt also schon.

„Würdest du mir bitte sagen, was du da treibst? Saukomisch sieht es aus, so ein dicker, fetter roter Kater in einem engen Käfig."

„Dein Mitgefühl ist ja nicht gerade groß. Ich hatte die Hoffnung, die beiden Kanarienvögel, die sich darin befanden, zu schnappen. Die Frau, die euch immer besucht, hatte den Käfig hier abgestellt, als sie das Blumenbeet zurechtmachte. Ich habe nicht bedacht, dass die Käfigtüre nach innen aufgeht. Und jetzt sitze ich hier fest, da ich die Tür mit meiner Größe blockiere."

„Tja, du bist wohl zu fett."

„Bitte hilf mir hier wieder raus zu kommen. Ich weiß, dass wir uns nicht immer hold waren. Aber lass mich nicht hier drinnen versauern. Wenn die Frau sieht, dass ich mir die Vögel geschnappt habe, bekomme ich richtig Ärger."

„Ja, die Möglichkeit besteht. Frieda wird da zu Recht kein Pardon kennen", sage ich beinahe kalt. Warum um Himmels Willen sollte ich Mitleid zeigen? Ich schaue mir seine üble Lage mit einem Lächeln an. „Wenn ich so richtig überlege, wäre es nicht sinnvoll, dich dort drinnen zu belassen? Schließlich hast du mit dem ganzen Ärger begonnen, als du mir beim ersten Kennenlernen deine Krallen quer durchs Gesicht gezogen hast. Ich bräuchte dir hier nicht zu verzeihen, das weißt du."

Kurt senkt beschämend seinen Blick, denn er weiß, dass ich nicht Unrecht habe. „Hey Kumpel, gibt es nicht auch Solidarität unter Haustieren?"

„Wie dem auch sei, ich könnte doch froh sein, wenn du ins Tierheim oder sonst wohin wandern würdest. Dann hätte ich endlich meine Ruhe vor dir. Das, was du mir angetan hast, dafür gibt es keine Entschuldigung. Und was die Solidarität unter Haustieren angeht, so würde ich gerne mal die beiden Kanarienvögel dazu befragen."

Ich drehe mich um und möchte gerade vom Stuhl springen, als Kurt seinen letzten Versuch startet. „Vielleicht ist es richtig was du sagst. Aber wenn du jemals daran gedacht hast, das Kriegsbeil zwischen uns zu begraben, dann wäre das hier ein guter Zeitpunkt dafür. Ich habe mich schäbig benommen, das weiß ich. Und wenn ich meinen Schwanz anschaue, hast du dich denn nicht schon genug gerächt? Bitte überlege es dir, ob du das jetzt hier wirklich möchtest."

Ich überlege kurz, er hat es geschafft. Mit den Worten „Also gut, wie kann ich dir jetzt helfen?" wende ich mich ihm wieder zu.

„Oben auf dem Käfig befindet sich eine weitere Öffnung, durch die ich entschwinden könnte. Aber die ist mit einer Kordel gesichert, die ich nicht alleine durchbeißen kann."

Ich sehe, was er meint. Tatsächlich, der Käfig hat oben noch eine weitere Klappe. Ob er jedoch dort durchpasst, ist meines Erachtens fraglich. Die sieht ziemlich klein aus. Und die Kordel stellt fast eine unlösbare Aufgabe dar.

„Wir müssen den Käfig umkippen. Ich hoffe, dass ich das Band dann durchbeißen kann, was sich an der Außenseite befindet."

„Ist okay. Schieb ihn einfach vom Tisch, wenn du es schaffst. Wenn ich mich verletze, ist das weniger schlimm, als wenn ich hier drinnen festsitze."

Nach einem kräftigen Schubs rutscht der Käfig über den Rand hinaus und fällt unter einem kräftigen Rumpel auf den Boden.

Kurt schüttelt sich kräftig, scheint aber in Ordnung zu sein.

Nun folge ich dem Kater nach unten, indem ich vom Stuhl hüpfe und betrachte mir die Sache nun näher.

Keine drei Minuten, dann fällt die Kordel zur Erde und die Klappe öffnet sich. Wie gehofft nach außen. Obwohl die Öffnung recht klein ist, zwängt sich Kurt unter Anstrengung erfolgreich hindurch.

Wie biegsam doch Katzen sind, da könnte ich richtig neidisch werden. Die Kanarienvögel waren so zur leichten Beute geworden.

Fix und fertig sitzt Kurt nun neben mir. „Danke dir, mein Freund."

Ich betrachte für einen Moment den Käfig, sehe keine Federn darin. „Sag mal, hast du die Vögel wirklich gefressen?"

„Es ist mir außerordentlich peinlich es zuzugeben, aber ich habe die Vögel nicht fangen können. Sie waren nicht im Käfig."

Ich sehe Kurt mit großen Augen an. „Wie, du hast sie nicht fangen können?"

„Ich konnte erfolgreich das Türchen öffnen. Aber dann entdeckte ich, dass die Vögel dort drinnen nichts anderes als Plastikvögel waren."

Ich pruste laut los und rolle mich vor Vergnügen auf dem Rasen hin und her. „Das ist doch nicht wahr, oder? Du hast diese Plastikvögel allen Ernstes mit echten verwechselt?"

Kurt entgegnet eingeschnappt: „Nun ja, die sahen schon ziemlich echt aus. Und ich bin schon ein alter Kater, der nicht mehr die besten Augen hat und schon gar nicht mehr die frischste Nase."

„Ups!" Ich wollte Kurt nicht mit meiner Schadenfreude treffen. Neben mir sitzt ein neuer Freund, der schwer getroffen scheint. „Es tut mir leid. Ich wollte mich nicht über dich lustig machen. Ganz ehrlich, das wollte ich nicht."

Ich verstehe ihn ja schon. Als Jungspund mit bester Gesundheit sollte ich mich nicht lustig machen. Für Kurt ist es fürwahr eine ziemlich blöde Geschichte: Ein Käfig ohne Beute, sich darin verfangen und letzten Endes festsitzen.

Jetzt liegt es wohl an mir ihn wieder aufzumuntern. Es wäre mehr als schön, wenn wir uns fortan nicht mehr an die Gurgel gingen.

Aber wehe, er ärgert mich erneut… Meine Rache würde fürchterlich sein ☻

Ferien auf dem Bauernhof!

Heute habe ich mal länger geschlafen. Hermann ging es heute Nacht nicht gut, denn gestern Abend hatte er Besuch von seinem Kumpel Klaus. Die

Saison der Durchgeknallten in der Flimmerkiste, wo alle hinter einem Ball herrennen, scheint wieder einmal vorbei zu sein.

Was aber diese verrückten männlichen Zweibeiner nicht davon abhielt, sich dieses Zeugs namens Bier in die Kehle rinnen zu lassen, daraufhin jedes Mal so ordinär rülpsten, dass es kein Wunder ist, dass Hermann keine Frau findet. So sehr sich Tante Frieda auch bemüht, da ist Hopfen und Malz verloren.

Was diesen Ausrutscher mit dieser eigenartigen und gereizten Frau anging, das hätte auf Dauer eh nicht gut gehen können. Da wollte ich in dieser Nacht Erste Hilfe leisten und dachte, dass was ganz Furchtbares geschehen ist, zeigte sich darauf das wahre Gesicht dieser Frau. Glücklicherweise ist dieses Kapitel vorbei. Nochmal eine solche Episode, und mein empfindliches Nervenkostüm geht komplett den Bach runter.

Als Klaus spätabends nach Hause wankte, saß Hermann noch eine Weile kerzengerade im Sessel und stierte die Wand an. Ich dachte, jetzt ist er eingefroren, denn die Augen waren auch so starr.

Hermann saß minutenlang so in dieser Position da, als er plötzlich die Hand vor den Mund hielt, aufsprang und wie Kurt, wenn er vor mir flüchtete, ins Badezimmer stürzte. Dort schmiss er sich ergeben vor die Toilettenschüssel, umarmte sie und klagte „du bist mein bester Freund". Danach stülpte er seinen Kopf hinein, bis er fast gänzlich darin verschwunden war.

Ganz komisch klingende Geräusche drangen an meine empfindlichen Ohren. Am liebsten hätte ich sie mir zugehalten. Oder mich aber unters Sofa verkrochen. Denn das, was ich hier mit meinem Hermann erlebte, bereitete mir große Sorgen.

Übermüdet hatte ich mich, nachdem Hermann im Bad vor der Toilette eingeschlafen war und schnarchte, als wolle er ganze Alleen abholzen, in mein Körbchen zurückgezogen.

Jetzt bin ich hellwach, denn endlich, endlich passiert etwas. Erst klingelt es an der Haustür, nach einer Weile dreht sich ein Schlüssel ins Schloss. Die Tür wird geöffnet.

Bei der Mutter aller Rindersteaks, im Flur steht Tante Frieda. Sofort renne ich zur ihr hin, springe an ihr hoch und würde sie am liebsten abschlappern. Das Kleid, was sie heute trägt, ist dunkelgrün, wie eine saftige grüne Wiese im Morgentau.

„Hallo Nepomuk, das ist aber eine nette Begrüßung. Wo ist denn Hermann? Ich kann ihn überhaupt nicht erreichen."

Das Schnarchen aus dem Badezimmer ist immer noch ziemlich laut. Tante Frieda schaut rüber zum Bad. „Was riecht denn hier so komisch?"

Ich renne zum Bad. Los, folg mir! Dort ist Hermann. Neben ihm halte ich an und belle laut.

„Hermann!" Tante Frieda schlägt die Hände

vors Gesicht. „Was hast du wieder angestellt?"

Frieda beugt sich über ihn und rüttelt an seiner Schulter. „Hermann, wach auf!"

Neben seinem Gesicht Erbrochenes. Er hätte vielleicht Gras fressen sollen wie ich, wenn es ihm nicht gut geht, denke ich so für mich und gehe etwas zur Seite. Gras reinigt wenigstens den Magen. Und draußen steht jede Menge saftiges davon.

Ich sehe, wie Frieda an ihm herumrüttelt und ihm mit der Handinnenfläche immer wieder auf die Wange schlägt. „Verdammter Alkohol. Könnt Ihre diese Sauferei nicht mal lassen?"

Hermann öffnet die Augen und schaut Frieda an. „Oh, Frieda, welch Überraschung. Was verschlägt dich denn hierher?", lallt er vor sich hin. Ein komisches Grinsen liegt auf seinem Gesicht.

„Keine Frau dieser Welt kann man dir zumuten. Keine", schimpft Tante Frieda, als sie ihm auf die Beine hilft. „Wenn ich nicht wüsste, was für ein herzensguter Mensch du bist, hätte ich dir schon längst die Freundschaft gekündigt."

Solch strenge Worte habe ich von Tante Frieda gegenüber von Hermann noch nie gehört.

„Och Friedalein", lallt Hermann weiter, lacht ganz komisch und versucht ihr einen Kuss auf die Wange zu drücken.

Frieda schiebt ihn von sich. „Komm mir nicht immer damit. Du stinkst wie eine Haubitze. Mach lieber das Bad sauber, während ich mich um den Hund kümmere. Er muss dringend mal raus."

Frieda holt die Leine, die sie mit einem Klick an meinem Halsband festmacht. Dann zieht sie mich sanft, während ich noch kurz zu Hermann schaue, zur Haustür.

Ich weiß, was passieren wird, wenn wir vom Spaziergang zurückkommen. Zuerst dreht Tante Frieda mit mir die Runde durch den nahegelegenen Park. Sind wir zurück, dann ist Hermann bereits ins Wohnzimmer gegangen. Zum sogenannten Tatort, wo noch jede Menge leerer Dosen auf dem Tisch stehen. Dort sitzt er wehklagend und im Selbstmitleid ertrinkend auf dem Sofa und stützt seinen Kopf mit beiden Händen ab.

Und letzten Endes hängt der Haussegen schief, weil Tante Frieda die Wohnung putzen und aufräumen muss, sie überschäumt vor Wut und ihm Standpauken hält.

Aber alles hat aber auch sein Gutes: Für die kommenden drei Tage werde ich eine schöne Zeit bei Tante Frieda verbringen. Samt Körbchen, Spielsachen und Futter werde ich zu ihr ins Auto steigen und Ferien auf dem Bauernhof machen.

Sie wohnt nämlich auf einem. Zwar auf einem ganz kleinen, aber dort gibt es jede Menge Abenteuer zu erleben. Katzen und Mäuse jagen, mit Benno, dem Nachbarshund auf große Tour gehen.

Ich freu mich drauf!

Das ideale Jagdrevier

„Hier ist es! Genau hier ist es!"

Ich schaue Kurt zweifelnd an. „Woher willst du wissen, dass es genau hier ist? Wie kommst du auf eine solche Idee?"

„Bruno, der Kater von Meißners hat es mir geflüstert. Hier soll es von Beute nur so wimmeln."

„Hat er das?" Es ist das erste Mal, dass ich mit meinem neuen Freund auf Tour gehe. Um das zu ermöglichen, habe ich bei Hermann auf die Tränendrüse gedrückt. Ich habe, als wir nach Hause kamen, gefiept und gejammert, bis er sagte: „Na, Kumpel, musst du so dringend?"

„Nun ja, Bruno hat es nicht so direkt gesagt. Aber so in der Art. Vielleicht sollte man das Wort ‚wimmeln' eher durch ‚auf alle Fälle laufen hier einige herum' ersetzen."

Wir stehen im Park. Ziemlich weit hinten am anderen Ende vom Park. Dort, wo es schon wieder raus geht - in eine Gegend, wo ich noch niemals gewesen bin. Hermann ist zwar immer große Runden mit mir gelaufen, aber bis hierher sind wir noch nie gekommen.

„Dort! Da sehe ich etwas!"

Erregt laufe ich in die Richtung, in der ich eben jede Menge Büsche gesehen habe. Nach zwei Metern merke ich aber, dass Kurt nicht vor hat, hinter mir her zu kommen.

So bleibe ich stehen und drehe mich zu ihm um.

„Wo bleibst du denn?"

„Nepomuk, du verrückter Dackel! Da ist nichts. Ich meinte ganz weit links davon. Da habe ich, glaube ich, mehrere Mäuse gesehen."

„Woher willst du wissen, dass dort nichts ist? Man sieht zwar nur ein Gebüsch. Und bei dem Regen, der gerade runterkommt, kann ich nicht riechen, ob da Nagetiere sind oder nicht. Deshalb müssen wir nachschauen gehen. Also gib dir mal ein bisschen Mühe, verdammt nochmal."

Es ist heute wirklich furchtbar mit diesem alten Kater. Der wirkt nicht im Geringsten schuldbewusst, nein, vielmehr grinst er mich an.

„Du musst wirklich noch viel lernen, mein Lieber. Bei der Hecke, wo du hinrennen wolltest, ist garantiert keine Beute zu finden. Dazu muss ich gar nicht erst durch den halben Park hechten."

„Ach, und woher willst ausgerechnet du das wissen? Für einen, der Plastikkameraden nicht von echten unterscheiden kann, plusterst du dich ganz schön auf."

Kurt ignoriert meinen Seitenhieb, stattdessen macht er mit seiner Pfote eine Bewegung Richtung eines großen Baums, der sich weiter links von den Büschen befindet.

„Schau mal genauer dorthin. Dort unter dem Baum ist ein ganz auffälliges Muster."

Am Baum angekommen, löst sich das auffällige Muster in eine Plastikflasche auf, die Menschen irgendwann dort entsorgt haben.

Wir lungern weitere ereignislose fünfzehn Minuten im Park herum. Der Park ist zwar sehr groß, aber zum Glück auch rund, so dass man von der Mitte aus einen recht guten Überblick hat. Man sieht: nichts. Nicht ein Nagetier ist unterwegs. Selbst ein Insekt hat sich bei dem Wetter vorgenommen, nicht mal unter einem Grashalm hervorzuschauen.

Langsam fange ich trotz meines dichten Fells an durchzuweichen. Vielleicht sollten wir wieder nach Hause traben, denn Kurt will seine Niederlage nicht eingestehen. Vielmehr fängt er damit an, an allem herumzumäkeln. Triefende Pfoten, ein Regentropfen hat seine Nase berührt, und überhaupt würden Katzen Nässe schließlich nicht ausstehen können…

Also echt, der Kerl nervt. Warum hat er mich dann überhaupt mitgenommen, wenn er sowieso alles nur doof findet? Als Jagdhund wäre Kurt wahrscheinlich wegen Defätismus schon längst von seinem Herrchen erschossen worden.

Wenn ich wie Hermann Schuhe tragen würde, käme mir der Regen wahrscheinlich unten rausgelaufen. Mittlerweile ist aus dem anfänglichen Regen Starkregen geworden.

Das einzige Erlebnis ist ein Jogger, der aus

weiter Entfernung direkt auf uns zuläuft. Ein paar Minuten darauf ist er auf unserer Höhe angekommen.

Der junge Mann sieht uns zu spät, versucht uns auszuweichen, stolpert und fällt direkt vor Kurt auf die Nase. Er bleibt kurz liegen, rappelt sich auf und schüttelt sich. Als er wieder steht und sich den linken Arm reibt, geht er auf mich und Kurt zu und brüllt los: „Verdammt nochmal, könnt Ihr nicht woanders laufen?"

Nun ja, er ist offenbar kein Gentleman im eigentlichen Sinne. Denn bevor er ins uns hereintreten kann, rennen Kurt und ich auch schon los und verstecken uns hinter dem nächsten Busch.

Was für eine Pleite!

„Auf dich verlasse ich mich nicht mehr", stänkere ich zu Kurt, der neben mir hockt. „Wo ist denn das Jagdabenteuer, das du mir versprochen hast?"

„Jetzt reg dich doch nicht so auf. Die Welt geht nicht unter. Du unterschätzt die Wirkung von Regen auf die Nagetiere. Sobald die Sonne wieder scheint, ist es hier im Park wieder knallvoll."

„Und du unterschätzt die Wirkung von Regen auf mich. Denn wenn du mir nicht gleich was Gutes anzubieten hast, hat der Rest deines Schwanzes auch kein Fell mehr."

Die Luft scheint wieder rein zu sein, also verlassen wir unseren Zufluchtsort und trotten Richtung Heimat. Inzwischen hat es aufgehört zu regnen. Selbst, wenn jetzt jede Menge Mäuse auftauchen würden, ich habe keine Lust mehr auf die große Jagd. Mit gesenktem Kopf schleiche ich über den Schotterweg.

Fast falle ich über Kurt, der sich mir mitten in den Weg gestellt hat.

„Hey, Kleiner, halt mal an. Da vorn sehe ich genau das, wonach wir ständig gesucht haben."

Erstaunt blicke ich auf. Tatsächlich: Nahe einer Parkbank kann ich einen Hasen erspähen.

Ich renne wie von Sinnen los, schließlich bin ich ein Jagdhund mit Stammbaum. Nichts entgeht Nepomuk.

Warum bewegt sich dieser verdammte Hase nicht und flüchtet, frage ich mich, als ich ihn fast erreicht habe.

Die Frage beantwortet sich, als ich mit voller Wucht dagegen pralle und einen Satz zurück zu Boden mache.

Mein Kopf tut mir weh. Ich sitze auf meinem Achterdeck und schüttel mich.

Was war das?

Ich stelle mich auf und beschnuppere das, gegen das ich gerannt bin. Und mein Blick wird düster, wenn ich darüber nachdenke, dass ich mich auf Kurt verlassen habe.

„Kuuuuuuurt!" Ich drehe mich um und sehe, wie sich der rote Kater auf seinen Pfoten umdreht und langsam davonschleichen will.

„Wehe, wenn ich dich erwische. Dieser Metall-hase steht doch schon immer hier, oder? Und das weißt du ganz genau."

Ende

Die Abenteuer des Super-Dackels Nepomuk

Zuerst einmal möchte ich mich bei meinen Lesern/-innen bedanken, dass sie sich die Zeit nahmen, dieses Buch hier zu lesen. Ich hoffe, dass es Anklang gefunden hat?

Alle in dem Buch genannten Personen und Handlungen sind frei erfunden. Ähnlichkeiten mit noch lebenden oder verstorbenen Personen wären unbeabsichtigt und rein zufälliger Natur.

Über die Autorin:

Judith Hohmann wurde in Hessen im Jahre 1965 geboren. Seit ihrer Kindheit widmet sich die Autorin dem Zeichnen und später in ihrer Jugend u. a. dem Schreiben von Kurzgeschichten. Diesem Hobby ist sie treu geblieben. Ihr Wunsch ist es, mit ihren Werken die Fantasie des Lesers anzuregen, ihn zu verzaubern und Emotionen zu wecken.

Weitere Information: www.judithhohmann.de